陰盜哥 著

客人不奧 雞姐不叫！
歡迎光臨 大陰盜貨

推薦人

圖文畫家＋喜劇演員，真心不打折推薦

Dorothy

盜哥畫出了百貨業最真實的一面，
有幽默好笑，有真心告白，有勵志
省思，有溫馨可愛。

Nikumon

笑中帶淚的服務業戰爭，我愛雞姊！

辛卡米克

感謝大陰盜讓我認識了百貨生態及櫃姐
的辛苦～以後我會對櫃姐們溫柔一點的
（笑）。

鬼門圖文

大陰盜百貨是服務業的燈塔！想衝業
績先拜讀這本書，讓雞姐療癒你的心。

爵爵 & 貓叔

曾經有一個掏錢的奧客在我面前，但是我沒有珍惜，
等到失去的時候才後悔莫及，塵世間最痛苦的事莫過於此。
如果上天可以給我個機會再來一次的話，我會翻白眼對奧客說你去死！
如果非要在白眼加個次數，我希望是一萬次！

木星 & 瑞室（搞笑團體 這群人 TGOP）

打開第一頁我直接閃尿（哈哈哈哈）終於可以蹲馬桶，一次看個過癮！！
（拍手 papapapa！！）──木星

身為雞姐的粉絲，期待超久終於出書了，這次翻開第一個故事就直接讓我
噴飯，每則故事都可以反映我們現實生活的個性，非常舒壓。──瑞室

大陰盜百貨的由來……

故事要從雞姐跟
她的室友——陰盜哥，
某日的對話說起

看來大家
好像都誤會我們
兩個是一對。

唉呀！

既然大家都這樣想，
看來我們也只能
順從民意了！

你就養我一輩子！

來吧！

我不要。

我不要。

不需要講兩次！！

我也不要好嗎!?
老娘誰啊！

妳流鼻血了。

而且老娘也有人要了好嗎!?

LOVE YOU～

敗偷幾咧～

而且你……

我怎樣？

• • • • •

妳說啊？

沒事。

雞姐全世界最不敢惹的人。

哼～

大陰道。

哩洗咧功沙小!?

我好歹也是黃花大閨女！

怎麼可以這樣亂講話！

是有點好笑啦！

！

我剛突然想到，你的粉絲團可以叫**大陰盜百貨**啊！

而且我們又剛好都在百貨公司上班，不覺得這個名稱很好笑嗎!?

可是大家不會以為我們是賣情趣用品的嗎？

誰理他啊，好笑就好。

就決定叫大陰盜百貨了！

我……

就這樣作者同時也得到全世界最難聽的筆名。

陰盜哥

幹。

陰盜哥的話

大家一定都是喜歡與客人相處互動才選擇做服務業的，
殊不知並不是每個客人都是天使，
做了服務業才發現奧客真的還不少⋯⋯
喜愛服務人的精神和熱情也慢慢的被消磨掉，
起初接待客人時，溫柔友善的眼神，也在不知不覺中變成了翻白眼。
某種程度上來說，也算一種眼部的職業傷害。

大陰盜百貨雖然既瘋狂又暴力，但服務業需要的卻是溫柔及耐性。

我不是要教你如何殘暴的對待那些沒禮貌的奧客，
雖然大陰盜百貨裡有很多技能什麼的（？），像是：
拗奧客手指、打客人腰子、脫制服定孤枝等等⋯⋯
（雖然很想實踐但絕對不行，如果你真的做我就要看你上新聞。）
我只是希望在你上班受氣的時候，
倉庫的紙箱已經打到快爛掉的時候，
你可以選擇打開大陰盜百貨，看雞姐發威、奧太太賣萌。

然後繼續充滿熱情的服務客人。

歡迎光臨，大陰盜百貨。

雞姐

脾氣暴躁、喜好分明。遇到奧客會直接對嗆,遇到好客則會抱上去。運氣超好常常接到大咖。腳上穿的是一雙鴨腳靴。雖然很兇,但是裝可愛的功夫也是一流的。

香奈鵝

雞姐的櫃長,不管發生什麼事都是這個一號表情,讓雞姐一度以為她很厭世,但她純粹只是工作太認真。主顧客超多業績超好。一下班就是 Party Queen,根本雙重人格。

屌鴨妹

是位老小姐,覺得雞姐很蠢。興趣是修指甲,常常為了修指甲懶得接客人,然後故意把客人趕跑。名字太奇怪讓雞姐很錯愕。

勺鶴

同層樓的櫃姐,有點歇斯底里,容易受驚嚇,但也很有毅力,可是用錯地方。

狐狸樓管

負責管理雞姐那層樓,因為雜事太多了,常常不在樓面上,但只要一出什麼事,就會立刻出現開罰單。覺得自己是舞林高手。

奧太太

買東西常常搞不清楚狀況，雞同鴨講、沒有主見。臉皮厚到極致，再怎麼被雞姐羞辱，還是可以每天來逛街。

賈貴婦

跟奧太太是好朋友。有錢但又瞧不起人，沒禮貌、不尊重人、愛說謊，根本是負面集合體。座右銘是有錢就是老大。

警衛虎哥

面惡心善的警衛。看起來很兇，其實只是在放空。

小資

有錢到逆天的客人，卻也很有禮貌。買東西都用點的，點到什麼就買什麼，所以被櫃姐們叫點點客，一出現會轟動整層樓面。覺得雞姐很可愛，所以常常買東西給她吃。

阿豬姨

嘴巴超級甜，也很有禮貌。是個說話算話的好客。覺得雞姐服務態度好，所以召集所有親戚朋友去給雞姐捧場。

陰盜哥

雞姊的室友，曾經是櫃哥，同時也是本書的作者，不是很重要。

目錄

Chapter 1
百貨名詞小故事

Chapter 2
百貨十大不可思議

Chapter 3
百年一見好客

Chapter 4
他不奧，他是我客人

Chapter 5
櫃姐的逆襲

百貨名詞小故事

百貨名詞小故事 ❶

互助櫃

啊～

我們互助櫃的小姐長得真可愛。

一小時後

好久喔……

喔……

小姐等一下就回來了！

不好意思喔……

兩小時後

應該等一下就回來了……

小姐咧!?

太久了吧……

三小時後

到底去哪裡了啊？

小姐咧!?　　小姐!!!

小姐咧!?　　小姐!!!

我快受不了她們了！

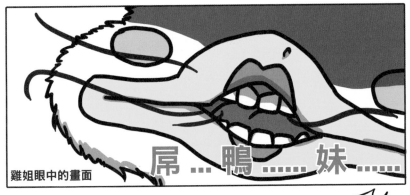

雞姐眼中的畫面

屌 … 鴨 …… 妹 ……

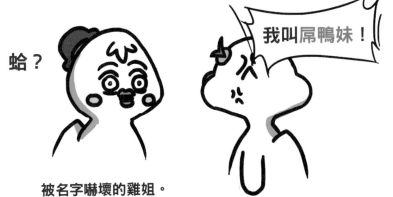

蛤？

被名字嚇壞的雞姐。

21

百貨名詞小故事 ②

樓管

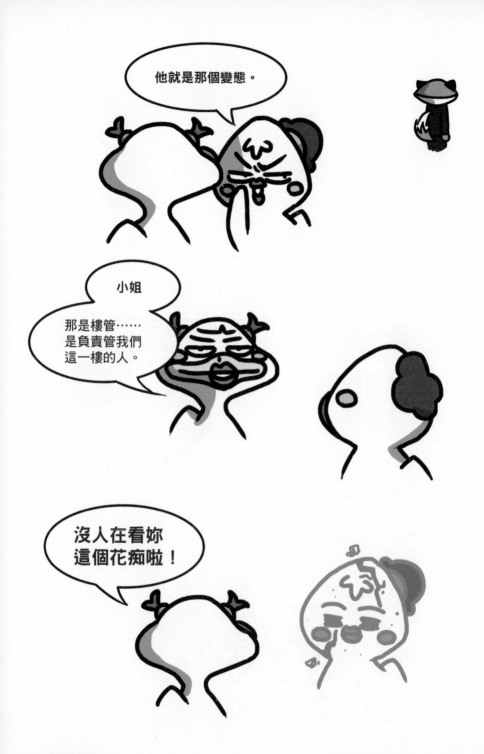

百貨名詞小故事 ❸

罰單

百貨名詞小故事 **5**

開市

當日成交的第一筆
就叫開市喔～

我回來了……

明天要早起上班，
我先睡了。

原來如此！

重大打擊

小姐，

我要買這雙。

百貨名詞小故事 ❻

開大市

每個人都夢寐以求的「開大市」！

星座書上說妳今天會有好運喔！

好運？

我要去上班了喔～

一大早就
來上班。

累～

小姐，

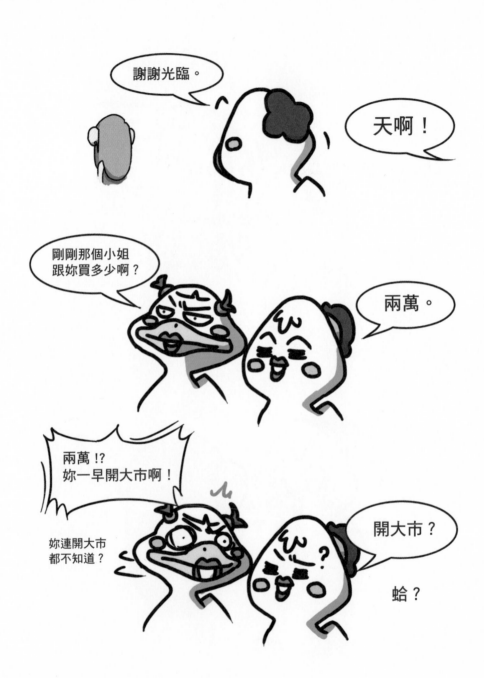

百貨名詞小故事 ❼

跳摳

跳「摳」就是指營業額破萬。
（一摳等於一萬，兩摳等於兩萬）

我知道啦！

最近運氣真的
好好喔～

收銀機打開。

謝謝光臨，歡迎下次再來喔～

嗯？

天啊……那個小姐跟妳買多少啊？

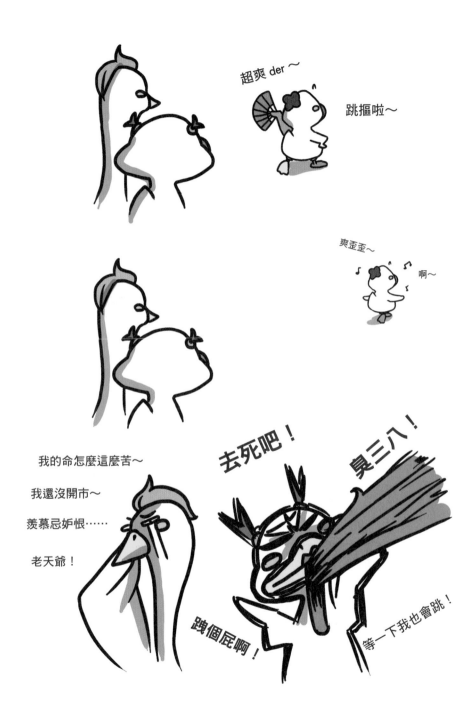

45

盗

百貨名詞小故事 ❽

達 標

達到目標
就有獎金？

業績目標 !?

哈哈哈～

我們快達標了 !!

歡迎光臨。

自己來蛤～

隨便看喔～

下個月再來看也可以啦～

有多隨便就多隨便～

百貨名詞小故事 ⑨

週年慶

週慶客人追我跑。

好忙～

好忙！

週年慶就是百貨公司一年一度大打折的時期，

平時我追客人跑……

小姐！

也就是我們要大賣特賣的時候了！

所以來吧!! 把手放上來！

讓我們一起為週年慶加油打氣！

好!!

1、2、3!!

加油！

加油！

業績第一！

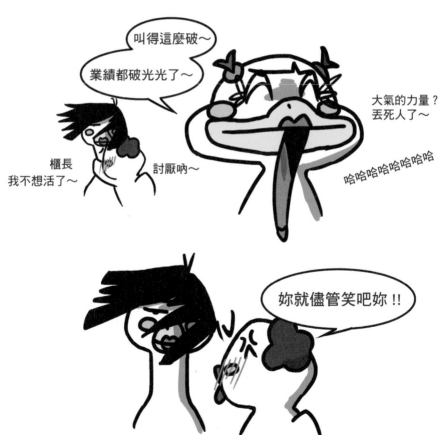

大陰盜世間情

大陰盜百貨

百貨十大不可思議

百貨十大不可思議 ❶

平時在路上很難遇到櫃姐!?

櫃姐進了百貨公司就別想要出去！

why ～

我再宣布一次，上班時間，禁止私自外出。

如果你們擅自外出，發生意外公司是沒辦法算職災的。

再給我抓到一次就死定了。

真的是北七……

百貨十大不可思議 ❷

櫃哥櫃姐
超級會滅火!?

接受最專業的消防訓練!

噓……

A 區失火了！

百貨公司為了安全起見，會訓練所有櫃哥櫃姐專業的消防應變能力。

請往這邊逃生！

對準火源！

每隔一、二個月就會舉辦幾次消防演練。

開水！

這裡有傷患！

確保大家在火災的時候，能有效的保護顧客安全。

快！　　快！

我想除了消防員以外，就是櫃哥櫃姐最會滅火了。

百貨十大不可思議 ❸

掃地也有禁忌!?

地沒掃好會破財!

我不想掃地!!

掃地往外掃，就等於把財運往外掃一樣……

妳要趕我走？

出去

妳就不能溫柔一點嗎!?

所以大家都習慣掃進來，就等於把財帶進自己家一樣。

進來

懂嗎!?

原來我犯了這個大忌!!

窸窸窣窣
窸窸窣窣

妳幹嘛在我櫃
上掃地？

沒什麼啦～

掃掃地而已～

妳忙妳忙～

全新樓面誕生！

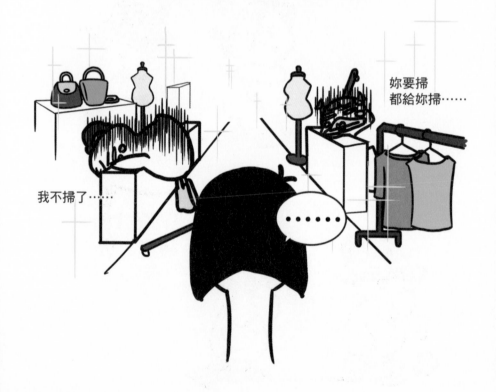

百貨十大不可思議 ❹

到店第一件事是
跳早操!?

有些百貨早上開店
可是會跳早操的喔。

搖咧~

搖咧~

1234～

2234～

3234～

跳啊～再不跳……
每個禮拜都來前面跳。

4234～

再來一次～

不如讓我死了算了！

百貨十大不可思議 ❺

離開櫃上客人就會出現!?

這就是百貨的「莫非定律」～

冷清的百貨公司⋯⋯

趁現在沒客人
乾脆去尿尿好了～

好閒喔⋯⋯

欸！屌鴨妹！
我先去尿尿。

有客人的話打我
手機。

喔。

記得喔！

不到一小時這個廁所就強制被撤走了。

百貨十大不可思議 ❻

開市的人
會帶來好運!?

把好運摸過來!

百貨十大不可思議 ❼

沒開市的人會帶衰!?

沒開市不行摸人！

欸？

心靈受創。

百貨十大不可思議 ⑧

這樣可以招財!?

櫃姐超迷信！

寧可信其有不可信其無！

百貨公司的小姐大多很喜歡一些可以為生意帶來好運的東西，

雞姐鳳梨櫃

櫃上種滿鳳梨

例如零食旺旺仙貝（業績會變旺）、鳳梨的臺語諧音「旺來」等等。都希望帶來好業績。

一些比較資深的櫃姐，會信奉一些更為厲害的……

我跟妳說喔～最近啊……有個……很靈喔。

嗯！嗯嗯！

四面佛

養小鬼

太子爺

每個櫃姐都有自己的喜好以及信仰。但說到最受大家歡迎的一定是⋯⋯

我！ 我！

我的啦！

財神爺

年度 MVP

盜

百貨十大不可思議 9

消失的櫃姐

下班時間一到櫃姐
會瞬間統統消失？

親愛的顧客您好～本店即將打烊～

歡迎您再度光臨～

謝謝您～

歡迎再度光臨～

親愛的顧客您好～本店即將打烊～

歡迎您再度光臨～

謝謝您～

歡迎再度光臨～

櫃姐下班就跟風一樣沒有人追得上。

百貨十大不可思議 ⑩

消失的客人

客人大概被黑洞吃了？

那個客人消失了……

一直到下班她始終沒有出現。

百年一見好客

百年一見好客 ❶

奉承客

百年一見好客 ❷

守信客

守信用的客人最棒了！

這已經是這個禮拜，第九個跟我說要去領錢的人了⋯⋯

她應該也跟其他客人一樣，不會回來了吧。

到底這些客人是發生什麼事了啊？

提款機到底是有多遠？不是在一樓而已嗎？

我一定要領到錢！

又或者其實客人是被提款機吃掉了？

還是說其實我記錯了，提款機根本在懸崖上？

呀！我的頭髮

難道說那些客人是多啦O夢？是從未來來的？

領錢需要回到二十四世紀？

哎呀！我好像卡住了⋯⋯

而提款機是時光機？

嗯⋯⋯

我在想什麼啊⋯⋯
精神開始錯亂了⋯⋯

小姐⋯⋯

好喘喔⋯⋯

終於領到了。

三八喔⋯⋯

我愛妳。

謝謝妳⋯⋯

百年一見好客 ③

介紹客

超級會介紹人來買的客人！

就是她！

蛤？

就是那個小姐！

快點！！

快點！！

大陰盜的貨

百年一見好客 ❹

點點客

跟中樂透一樣難的
點點客出現了！

121

剛點的那些我全都要！
請直接寄到我家。

這就是點點客！！

謝⋯⋯謝謝光臨！！

天啊⋯⋯

歡迎光臨！

懇請大駕光臨
我的櫃上～

拜託拜託！

盜

百年一見好客 ❺

等待的好客

溫柔體貼的女神降臨!!

窩心客

客人送東西給你時，
會覺得好窩心。

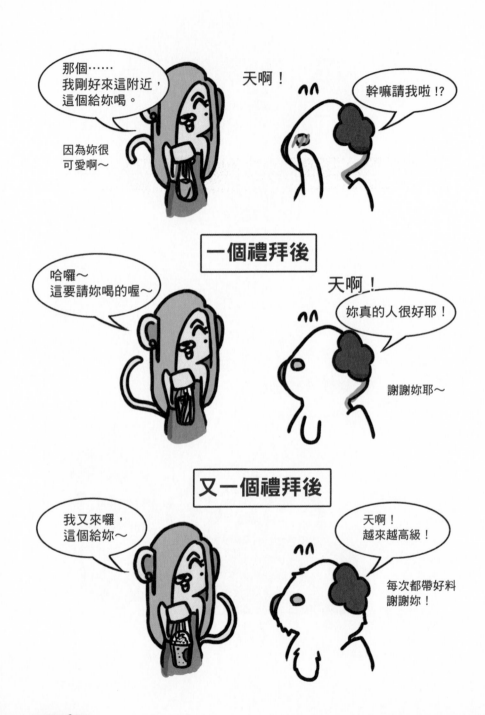

他不奧，他是我客人

有些客人不管你怎麼叫他，
他是永遠不會理你的。

盗

他不奧，他是我客人 ❷

凹東西客

什麼東西都想要凹回家的客人。

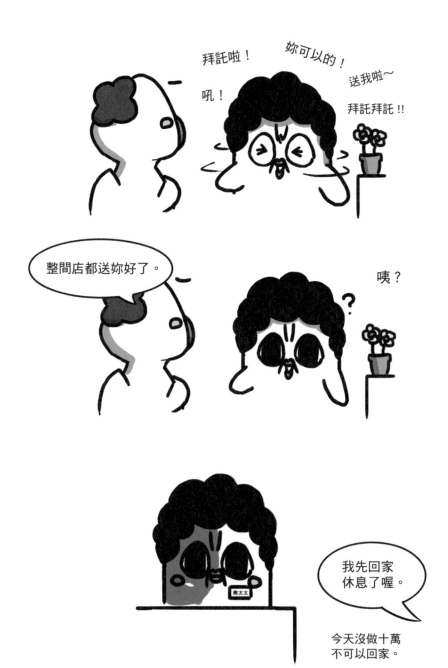

他不奧，他是我客人 ❸

去零頭客

去零頭我才不要咧！

盜

他不奧，他是我客人 ❹

丟錢客

究竟丟錢給雞姐會
發生什麼事呢？

他不奧，他是我客人 ⑤

批評客

我看看有多醜。

拿

在這裡。

嗚嗯······

盜

他不奧，他是我客人 ❻

插嘴客

愛插嘴又猴急
的客人。

他不奧，他是我客人 ❼

猶豫客

竟然有客人可以猶豫三小時⋯⋯

他不奧，他是我客人 ⑧

摔東西客

有客人會一直摔商品 !?

櫃姐的逆襲

櫃姐的逆襲 ❶

搶客人

櫃姐的逆襲 ❷

鬧別人櫃

那個臭三八!!

死定了!!

窸窸窣窣

窸窸窣窣

櫃姐的逆襲 ③

背後靈

背後靈的櫃姐，一定讓你頭皮發麻。

您好，
歡迎光臨！

慢慢看喔。

......

真的跟鬼一樣。

盜

櫃姐的逆襲 ④

惡魔鴨嘴臉

有嗎？

沒有。

謝謝妳……

抖

櫃姐的逆襲 5

現實勢利眼

有些櫃姐眼裡只有錢。

算了!! 不看了!! 一看就知道沒錢。

哼!

阿豬姨～
好久不見～

嗨～

我要這幾件。

今天買這麼多啊?

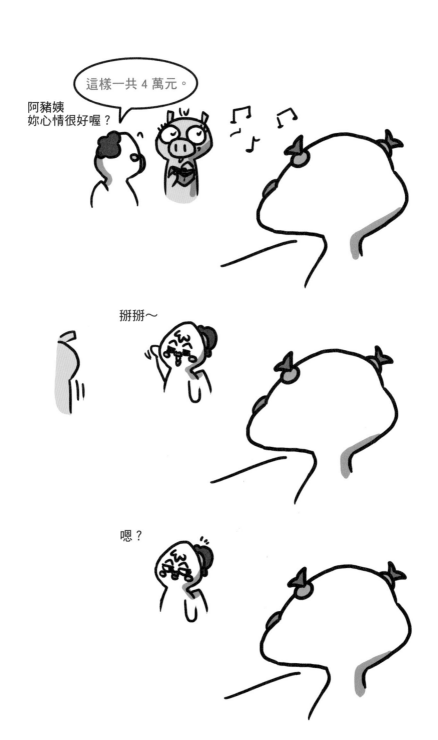

滔滔不絕！

不好意思……
我自己看就可以了。

喔……

好的……

碰！

妳很有品味耶!!

開起某種開關。

停不下來。

放!

又再一次被嚇到的奧太太。

盜

勾勾纏

超級無敵不放棄
的櫃姐!?

後記——

唉呀～

我終於畫到最後了～

都到最後了怎麼沒看過你賣東西？

因為你們是主角啊～我畫畫就好。

你不也是櫃哥嗎？

剩下最後兩頁了，當然要給你表現看看啊！

我會虧待你嗎!?

我們不是好朋友嗎？

我來當客人，你來賣我這個包包。

好吧……

小姐！

這個包包很好看喔～而且……

這塊黑黑的地方很特別。

沒了⁉

我從來沒看過這麼可憐的銷售人員。

最後兩頁白白浪費了。

老天爺啊！

還有最後一格。不然你對讀者說說話好了。

算了啦～

我好丟臉喔～

 沒錯，我真的跟客人說過這種超沒有內容的話。
說出來的當下，我腦中想的是『**挖洗咧恭沙小**』。

沒關係，雖然我沒有在當櫃哥了，
但是我可以畫漫畫給大家看。
這本漫畫終於進入尾聲了，
但大陰盜百貨可沒有結束，
如果你還想看更多，歡迎你上我的粉絲團。
最後謝謝各位喜歡大陰盜百貨的讀者們。

Thank You !

FUN系列 021

客人不奧、雞姐不叫，歡迎光臨大陰盜百貨

作　　　者— 陰盜哥
主　　　編— 陳信宏
責 任 編 輯— 王瓊苹
責 任 企 畫— 曾睦涵
美 編 協 力— 我我設計工作室 wowo.design@gmail.com
校　　　對— 王瓊苹
董 事 長
　　　　　— 趙政岷
總 經 理
總 編 輯— 李采洪
出 版 者— 時報文化出版企業股份有限公司
　　　　　　10803 臺北市和平西路三段240號3樓
　　　　　　發行專線— (02)2306-6842
　　　　　　讀者服務專線— (0800)231-705・(02)2304-7103
　　　　　　讀者服務傳真— (02)2304-6858
　　　　　　郵撥— 19344724 時報文化出版公司
　　　　　　信箱— 臺北郵政79至99信箱
時報悅讀網— http://www.readingtimes.com.tw
電子郵件信箱— newlife@readingtimes.com.tw
時報出版愛讀者粉絲團— http://www.facebook.com/readingtimes.2
法 律 顧 問— 理律法律事務所陳長文律師、李念祖律師
印　　　刷— 和楹彩色印刷有限公司
初 版 一 刷— 2015 年 12 月 11 日
初 版 三 刷— 2016 年 1 月 4 日
定　　　價— 新臺幣260 元

國家圖書館出版品預行編目(CIP)資料

客人不奧、雞姐不叫,歡迎光臨大陰盜百貨/ 陰盜哥作. --
初版. -- 臺北市 : 時報文化, 2015.12
　　　　　面；　公分
　　　ISBN 978-957-13-6473-5(平裝)

855　　　　　　　　　　　　　　104024943

ISBN：978-957-13-6473-5
Printed in Taiwan